GRöLS Verlage

„BÜCHER SIND WIE FALLSCHIRME. SIE NÜTZEN UNS NICHTS, WENN WIR SIE NICHT ÖFFNEN.“

Gröls Verlag

Redaktionelle Hinweise und Impressum

Das vorliegende Werk wurde zugunsten der Authentizität sehr zurückhaltend bearbeitet. So wurden etwa ursprüngliche Rechtschreibfehler *nicht* systematisch behoben, denn kleine Unvollkommenheiten machen das Buch – wie im Übrigen den Menschen – erst authentisch. Mitunter wurden jedoch zum Beispiel Absätze behutsam neu getrennt, um den Lesefluss zu erleichtern.

Um die Texte zu rekonstruieren, werden antiquarische Bücher von Lesegeräten gescannt und dann durch eine Software lesbar gemacht. Der so entstandene Text wird von Menschen gegengelesen und korrigiert – hierbei treten auch Fehler auf. Wenn Sie ebenfalls antiquarische Texte einreichen möchten, finden Sie weitere Informationen auf www.groels.de

Viel Freude bei der Lektüre wünscht Ihnen das Team des Gröls-Verlags.

Adressen
Verleger: Sophia Gröls, Im Borngrund 26, 61440 Oberursel
Externer Dienstleister für Distribution & Herstellung: BoD, In de Tarpen 42, 22848 Norderstedt

Unsere „Edition | Kleine Klassiker" versammelt über hundert unbestrittene Klassiker der Weltliteratur in einem ästhetisch anspruchsvollen und handlichen Format.

Die Gröls-Klassiker-Editionen gehören heute mit ungefähr tausend Werken zu den größten Sammlungen klassischer Literatur im deutschen Sprachraum. Wir kultivieren und kuratieren damit einen der wertvollsten Bereiche der abendländischen Kultur. Kleine Auswahl:

Francis Bacon • Neues Organon • **Balzac** • Glanz und Elend der Kurtisanen • **Joachim H. Campe** • Robinson der Jüngere • **Dante Alighieri** • Die Göttliche Komödie • **Daniel Defoe** • Robinson Crusoe • **Charles Dickens** • Oliver Twist • **Denis Diderot** • Jacques der Fatalist • **Fjodor Dostojewski** • Schuld und Sühne • **Arthur Conan Doyle** • Der Hund von Baskerville • **Elisabeth von Österreich** • Das Poetische Tagebuch • **Friedrich Engels** • Die Lage der arbeitenden Klasse • **Ludwig Feuerbach** • Das Wesen des Christentums • **Fitzgerald** • Zärtlich ist die Nacht • **Flaubert** • Madame Bovary • **Theodor Fontane** • Effi Briest • **Robert Musil** • Über die Dummheit • **Edgar Wallace** • Der Frosch mit der Maske • **Jakob Wassermann** • Der Fall Maurizius • **Oscar Wilde** • Das Bildnis des Dorian Grey •

Mark Twain • Huckleberry Finns Abenteuer und Fahrten • **Anton Tschechow** • Die Möwe • **Ludwig Tieck** • Der gestiefelte Kater • **Feuerbach** • Das Wesen des Christentums • **Fitzgerald** • Zärtlich ist die Nacht • **Flaubert** • Madame Bovary • **Theodor Fontane** • Effi Briest • **Robert Musil** • Über die Dummheit • **Edgar Wallace** • Der Frosch mit der Maske • **Jakob Wassermann** • Der Fall Maurizius • **Oscar Wilde** • Das Bildnis des Dorian Grey • **Mark Twain** • Huckleberry Finns Abenteuer und Fahrten • **Anton Tschechow** • Die Möwe • **Ludwig Tieck** • Der gestiefelte Kater • **Jonathan Swift** • Gullivers Reisen • **Robert Louis Stevenson** • Die Schatzinsel • **William Shakespeare** • Othello • **Arthur Schopenhauer** • Die Kunst, Recht zu behalten • **Felix Salten** • Bambi • **Platon** • Der Staat • **Arthur Schnitzler** • Traumnovelle • **Friedrich Schiller** • Wilhelm Tell • **Karl May** • Winnetou • **Franz Kafka** • Der Prozeß • Platon • Verteidigungsrede • **Jules Verne** • Reise nachdem Mittelpunkt der Erde • **Leo Tolstoi** • Auferstehung • **August Strindberg** • Inferno • **Julius Stinde** • Familie Buchholz • **Wilhelm Raabe** • Die schwarze Galeere • **Friedrich Nietzsche** • Götzendämmerung • **Gotthold Ephraim Lessing** • Emilia Galotti *und viele weitere Werke….*

Washington Irving

Die Legende von der Schlafhöhle

Mitten in einer der geräumigen Buchten, welche das östliche Ufer des Hudson auszacken, an der breiten Ausdehnung des Flusses, welche die alten holländischen Schiffer Tappan Zee nannten, und wo sie immer vorsichtig ihre Segel einzogen und den Schutz des heiligen Nikolas anriefen, wenn sie darüber fuhren, liegt ein kleiner Flecken oder Dorfhafen, der von Einigen Greensburg genannt wird, eigentlich aber mehr unter dem Namen Tarry Town bekannt ist. Er erhielt, wie man sagt, diesen Namen ehedem von den guten Hausfrauen der Umgegend wegen der bösen Gewohnheit ihrer Ehemänner, an Markttagen in den Dorfwirthshäusern herumzulungern. Nicht weit von diesem Dorfe, ohngefähr zwei Meilen entfernt, befindet sich ein kleines Thal oder besser gesagt ein Stückchen Land, inmitten hoher Hügel, vielleicht eines der ruhigsten Plätzchen der ganzen Welt. Durch dasselbe gleitet ein schmaler Bach, dessen murmelndes Geräusch zum Schlaf einladet. Außerdem sind der Wachtelschlag oder das Klopfen eines Spechtes fast die einzigen Töne, welche die gleichförmige Ruhe unterbrechen.

Ich erinnere mich, daß, als ich noch ein junges Bürschchen war, ich meinen ersten Versuch im Eichhorn-Schießen in einem Hain von starken Wallnußbäumen machte, welche die eine Seite des Thales beschatteten. Ich war in der Mittagszeit dahin gekommen, wo die ganze Natur sich der tiefsten Ruhe überläßt, und erschrak über meinen Flintenschuß, der die Sabbatsstille um mich her unterbrach und durch das Echo noch verstärkt wurde. Wenn ich mir je einen einsamen Ort wünschen sollte, um in der Entfernung von der Welt und ihren Zerstreuungen zu leben und die Erinnerungen an schlimme Tage hinwegzuträumen, so wüßte ich keinen besseren als dieses kleine Thal.

Von der einsamen Stille des Ortes und dem eigenthümlichen Charakter seiner Bewohner, welche noch Abkömmlinge von den ursprünglichen holländischen Ansiedlern sind, ist dieses entlegene Thal lange unter dem Namen der *Schlafhöhle* bekannt, und die Bauernjungen heißen in der ganzen Gegend die Schlafhöhlenbuben. Eine träge, schläfrige Macht scheint über dem Land zu ruhen und die ganze Atmosphäre zu durchdringen. Einige halten dafür, daß die Gegend in der ersten Zeit der Ansiedlung durch einen mächtigen deutschen Doktor behext worden sei; Andere, daß ein alter indischer Häuptling, ein Prophet oder Zauberer seines Stammes, hier seine Zauberkünste trieb, bevor noch das Land von Hendrick Hudson entdeckt worden war. Sicher ist es, daß der Ort noch immer unter einer Art von Zaubermacht steht, welche die Gemüther des guten Volkes gefangen hält und die Ursache ist, weßhalb sie in einem steten Traumzustand herumwandeln. Sie überlassen sich allen Arten von Wunderglauben, sind Verzückungen und Visionen unterworfen, haben häufig seltsame Erscheinungen und hören Musik und Stimmen in der Lust. Die ganze benachbarte Gegend ist voll von Lokalereignissen, von Orten, die nicht geheuer sind, und anderen abergläubischen Geschichten. Sternschnuppen und Meteore schießen öfter über das Thal als über einen anderen Theil des

Landes, und der Alp scheint sich dasselbe zu seinem Lieblingsplatze auserwählt zu haben.

Der dominirende Geist jedoch, der diese verzauberte Gegend beunruhigt und Commandeur en chef über alle Mächte der Luft zu sein scheint, ist eine Figur ohne Kopf zu Pferd. Nach Einigen soll es der Geist eines hessischen Reiters sein, dessen Kopf bei einer Schlacht während des Revolutionskrieges durch eine Kanonenkugel weggeschossen worden ist, und der nun in der Dunkelheit der Nacht wie auf den Fittigen des Windes dahin eilend dann und wann vom Landvolk gesehen wird. Seine nächtlichen Züge beschränken sich nicht blos auf dieses

Thal, sondern zu Zeiten auch auf die benachbarten Straßen, insbesondere auf die Umgebung einer nicht weit davon entfernten Kirche. Ja, einige der glaubwürdigsten Historiker dieser Gegend, welche die umgehenden Sagen über dieses Gespenst sorgfältig gesammelt und zusammengetragen haben, behaupten, die Leiche dieses Reiters liege in dem dortigen Kirchhof begraben, und der Geist reite des Nachts auf das Schlachtfeld, um seinen Kopf zu suchen; die Eile aber, mit der er zuweilen durch die Höhle wie ein mitternächtlicher Windstoß dahin ziehe, rühre daher, daß er sich verspätet habe und sich nun sputen müsse, um vor Tages Anbruch wieder auf den Kirchhof zurückzukommen.

Dieß ist im Allgemeinen der Inhalt dieses legendenartigen Aberglaubens, der zu mancher abenteuerlichen Erzählung in dieser dunkeln Gegend das Material geliefert hat, so daß das Gespenst an jedem häuslichen Herde unter dem Namen des kopflosen Reiters aus der Schlafhöhle bekannt ist.

Merkwürdig ist dabei, daß das visionäre Vermögen, dessen wir erwähnten, sich nicht blos auf die ursprünglichen Bewohner des Thals erstreckt, sondern sich unbewußt auch auf Alle ausdehnt, die eine Zeit lang da gewohnt haben. Wie hell und wach sie auch gewesen sein mögen, bevor sie diese schlafmachende Gegend betraten, sicher athmen sie in kurzer Zeit die bezaubernde Kraft mit der Luft ein, werden träumerisch und nachdenkend und sehen Gespenster.

Ich gedenke dieser friedlichen Stelle voll Lobes, denn in solchen verborgenen holländischen Thälern, wie man sie hier und da in dem großen Staate Newyork findet, erhalten sich Bevölkerung, Sitten und Gebräuche unverändert, während der große Strom der Auswanderung und Kultur, welcher so bedeutende Veränderungen in anderen Theilen dieses Landes hervorbringt, unbemerkt an ihnen dahinzieht. Sie sind wie die kleinen Winkel mit stillem Wasser am Rande eines reißenden Flusses, wo wir den Strohhalm und die Blase ruhig vor

Anker liegen oder sanft in ihrem Hafen sich drehen sehen, ungestört durch den ungestümen vorbeiziehenden Strom. Obgleich viele Jahre verflossen sind, seit ich das Dunkel der Schlafhöhle betrat, so möchte ich doch fast glauben, daß ich dieselben Bäume und dieselben Familien in dieser versteckten Einöde wiederfinden würde.

An diesem Platze wohnte in einer seinen Periode der amerikanischen Geschichte, d. h. ohngefähr vor dreißig Jahren, ein ehrwürdiger Herr, mit Namen Ichabod Crane, um die Kinder aus der Nachbarschaft zu unterrichten. Er war von Connecticut gebürtig, einem Staat, der die Union sowohl mit Pionieren für die Seelen wie für die Wälder versieht und jährlich eine Legion von Holzhauern und Landschulmeistern aussendet. Der Zuname Crane (Kranich) paßte auf seine Person. Er war lang, außerordentlich schmächtig, mit schmalen Schultern, langen Armen und Beinen, mit Händen, welche eine Meile weit aus den Aermeln herausbaumelten, mit Füßen, die statt Schaufeln dienen konnten, und sein ganzer Körper hing nur ganz locker zusammen. Sein Kopf war klein und auf dem Wirbel flach, mit ungeheuren Ohren, großen grünen Glasaugen und einer langen Nase, gleich einem Schnepfenschnabel, so daß er aussah wie ein Wetterhahn, der auf seinem Spindelhals stand, um anzuzeigen, wo der Wind herblase. Wer ihn an einem windigen Tage an der Seite eines Hügels mit fliegenden Kleidern dahinschreiten sah, hätte ihn für den auf die Erde herabsteigenden Genius des Hungers oder für eine Vogelscheuche in einem Kornfeld halten können.

Sein Schulhaus war ein ärmliches Gebäude auf einem großen Platz, roh von Holz gebaut, die Fenster zum Theil von Glas, zum Theil mit Blättern von alten Schreibbüchern verklebt. Sehr sinnreich war es für Stunden, wo niemand zu Hause war, durch ein an dem Griff der Thüre angebrachtes Weidengeflecht und durch gegen die Fensterladen gestemmte Stücke gesichert, so daß ein Dieb zwar ganz leicht hineinsteigen konnte, aber einige Schwierigkeiten fand, wieder herauszukommen; eine Idee, die Herr Yost van Houten, der Baumeister, höchst wahrscheinlich von einem Aalfang entlehnt hatte. Das Schulhaus hatte eine einsame, aber angenehme Lage, gerade an dem Fuß eines waldigen Hügels, dicht an einem Bache und einer großen Birke, die an dem einen Ende desselben stand. An einem schwülen Sommertage konnte man von da das leise Gemurmel der Schüler, die ihre Lektion auswendig lernten, gleich dem Summen eines Bienenstockes hören, hier und da unterbrochen durch die gebieterische Stimme des Meisters im Tone der Drohung oder des Befehls, oder zufällig auch durch den gefürchteten Ton der Birkenruthe, wenn er einige Faullenzer auf den blumigen Pfad des Wissens drängte. Die Wahrheit zu sagen, war er ein gewissenhafter Mann, der immer die goldene Maxime im Herzen trug: »Spare die Ruthe, und du verdirbst das Kind.« Sicherlich wurden Crane's Schüler nicht verdorben.

Man darf nicht glauben, daß er einer der grausamen Schulpotentaten gewesen sei, die sich an dem Schmerz ihrer Untergebenen erfreuen; im Gegentheil, er übte Gerechtigkeit eher mit Unterschied als mit Strenge, nahm den Schwachen die Last von dem Rücken und legte sie den Starken auf. Das kleine Bürschchen, das bei der geringsten Drohung mit der Ruthe zusammenfuhr, wurde mit Nachsicht behandelt, während der Gerechtigkeit mittelst einer doppelten Portion auf den Rücken einiger kleinen, hartnäckigen, starrköpfigen, groben holländischen Bursche, die grollend und widerspenstig unter der Birkenruthe hinwegzuschlüpfen suchten, ein Genüge geschah. Alles dieses nannte er »seine Schuldigkeit ihren Eltern gegenüber thun«, und niemals legte er eine Strafe auf, ohne den schmerzlichen Trost für den kleinen Rangen hinzuzufügen, er würde noch seiner gedenken und ihm dankbar sein bis zum letzten Lebenshauche.

Wenn die Schulstunden zu Ende waren, spielte er mit den größeren Knaben, und an den Festtagen Nachmittags geleitete er einige der kleineren, welche hübsche Schwestern oder gute gastliche Hausfrauen zu Müttern hatten, in ihre Häuser. So stand er in ganz gutem Vernehmen mit seinen Zöglingen. Das Einkommen von seiner Schule war nur schmal und würde kaum hingereicht haben, ihn mit dem täglichen Brod zu versehen, denn er war ein tüchtiger Esser und hatte, wenn auch schmächtig, doch die Eigenschaft, sich wie eine Riesenschlange auszudehnen; um ihn indeß vor Mangel zu schützen, bekam er, nach Landesgebrauch, seine Kost in den Häusern der Farmer, deren Kinder er unterrichtete. Davon lebte er eine Woche um die andere und wanderte in der Nachbarschaft rings um, seine ganze irdische Habe in einem baumwollenen Taschentuche mit sich führend.

Damit indeß alles dieß nicht zu lästig würde für den Geldbeutel seiner Gönner, welche die Ausgaben für die Schule für eine drückende Bürde und die Schulmeister für bloße Drohnen hielten, schlug er verschiedene Wege ein, sich zugleich nützlich und angenehm zu machen. Er unterstützte gelegentlich die Farmer in den leichteren Feldarbeiten, half ihnen Heu machen, besserte die Zäune aus, führte die Pferde in die

Schwemme, trieb die Kühe von der Weide und spaltete Holz für den Winter. Dabei legte er alle seine Würde und sein absolutes Uebergewicht, mit welchem er in seinem kleinen Reiche, der Schule, herrschte, ab und wurde außerordentlich artig und gewinnend. Er fand Gnade in den Augen der Mütter, wenn er sich mit den Kindern, besonders den jüngsten, abgab, und gleich dem Löwen, der das Lamm großmüthig in seinen Tatzen hält, saß er mit einem Kinde auf seinem Knie und setzte dabei Stunden lang eine Wiege in Bewegung.

Außer seinem Beruf war er noch der Singmeister der Gegend und verdiente sich manchen Schilling durch Unterrichten der jungen Leute im Singen geistlicher Lieder. Es schmeichelte ihm nicht wenig, wenn er des Sonntags seinen Platz vorne auf der Gallerie der Kirche mit einer Bande auserwählter Sänger nehmen konnte, wobei er, seiner Meinung nach, reichlich den Sieg über den Pfarrer davontrug. Wahr ist es, seine Stimme übertönte die ganze Versammlung, und noch jetzt hört man in jener Kirche und eine halbe Meile weiter über'm Mühlteiche drüben an stillen Sonntagsmorgen gewisse Triller, die von Ichabod Crane's Nase abstammen sollen. So half sich der würdige Pädagog durch allerhand kleine Kunstgriffe und auf sinnreiche Weise leidlich fort, und

Alle, die nichts von der Kopfarbeit verstanden, meinten, es koste ihm gar keine Anstrengung.

Ein Schulmeister ist gewöhnlich ein Mann von einigem Gewicht in den Familienkreisen der Landleute; man betrachtet ihn als eine Art vorstandsmäßiger Person von bei weitem höherer Bildung und feinerem Geschmack als die rohen Bauernsöhne, und nur an Gelehrsamkeit unter dem Pfarrer stehend. Seine Erscheinung verursachte deßhalb einiges Aufsehen am Theetische eines Farmhauses, und es wurden außergewöhnliche Gerichte, wie Kuchen, Konfekt und gelegentlich auch ein silberner Theetopf aufgesetzt. Unser Gelehrter war daher besonders glücklich, wenn die Landmädchen freundlich gegen ihn waren. Er bildete sich etwas ein, wenn er am Sonntag zwischen dem Gottesdienst bei ihnen auf dem Kirchhof stand; sammelte Trauben von den wilden Weinstücken, die sich an den umstehenden Bäumen hinaufrankten; las zu ihrer Unterhaltung die Grabschriften auf den Leichensteinen, oder schlenderte mit einer ganzen Schaar von ihnen an den Ufern des nahen Mühlbachs, während die Schamhafteren blöde zurückblieben und seine Eleganz und seine Lebensart beneideten.

In Folge seines halben Wanderlebens war er eine Art von fahrender Zeitung und trug den ganzen Ranzen voll lokaler Klatscherei von Haus zu Haus, so daß seine Erscheinung überall gern begrüßt wurde. Besonders schätzten ihn die Frauen als einen Mann von großer Gelehrsamkeit, denn er hatte verschiedene Bücher ganz durchgelesen und war vollkommen zu Hause in Cotton Mathers Geschichte der Zauberei in Neuengland, woran er, beiläufig gesagt, steif und fest glaubte.

Er war in der That ein seltsames Gemisch von etwas Verschlagenheit und einfacher Leichtgläubigkeit. Sein Hang zum Wunderbaren und seine Kraft, es zu verdauen, waren gleich ausgezeichnet, und beide steigerten sich, seit er in dieser bezauberten

Gegend wohnte. Keine Geschichte war zu grob und zu ungeheuerlich für seinen geräumigen Schlund. Es machte ihm oft Vergnügen, wenn seine Schule am Abend geschlossen war, sich auf den weichen Rasen an dem Ufer des kleinen Baches, der an seinem Schulhause vorbeifloß, hinzustrecken und da des alten Mathers gräßliche Geschichten durchzulesen, bis die Dunkelheit des Abends einen Nebel um die Schrift verbreitete. Wenn er dann durch Sumpf, Fluß und Wald seinen Weg zurück nach dem Farmhause nahm, wo er einlogirt war, erregte jeder Ton in der Natur zu dieser Zauberstunde seine erhitzte Einbildungskraft: das Winseln des Todtenvogels vom

Hügel, der Ruf der Unken, der Vorbote des Sturms, das traurige Geschrei des Käuzchens, das plötzliche Geräusch der Vögel in dem Dickicht, die von ihren Schlafstellen aufgescheucht wurden. Sogar die Leuchtkäfer, die sehr lebhaft ihr Licht an den dunkelsten Plätzen verbreiteten, setzten ihn zuweilen in Furcht, wenn einer von ungewöhnlichem Glanz ihm über den Weg flog, und wenn ein großer Käfer ihn in seinem Flug begegnete, so wollte der arme Teufel schier den Geist aufgeben, denn er meinte, es habe eine Hexe ihm etwas angethan. Sein einziges Hülfsmittel bei solchen Gelegenheiten, sich die Gedanken aus dem Kopfe zu schlagen oder die bösen

Geister zu verscheuchen, war, heilige Lieder zu singen, und das gute Volk der Schlafhöhle, wenn es des Abends an seiner Thüre saß, befiel oft eine heimliche Furcht, wenn es seine süßen und langausgezogenen Nasentöne vom fernen Hügel herab oder längs der dunklen Straße ertönen hörte.

Eine andere Quelle, seine Neigung zum Wunderbaren zu befriedigen, bestand darin, daß er die langen Winterabende bei alten holländischen Frauen zubrachte, die spinnend am Feuer saßen neben einer Reihe von Aepfeln, die sie auf dem Herde brieten. Hier lauschte er ihren wunderbaren Erzählungen von Geistern, Kobolden, nicht geheuren

Feldern, verzauberten Bächen, Brücken, Häusern, besonders aber des Reiters ohne Kopf oder des galoppirenden Hessen der Höhle, wie sie ihn auch bisweilen nannten. Er dagegen unterhielt sie mit seinen Anekdoten von Zauberei und von schrecklichen Vorzeichen, von gräßlichen Erscheinungen und Tönen in der Luft, welche in früheren Zeiten in Connecticut vorkamen, und machte sie fürchten durch Spekulationen über Kometen und Sternschnuppen und durch das Besorgniß erregende Faktum, daß die Welt rundum gehe und sie sich die Hälfte der Zeit zu unterst als oberst befänden.

Während dieß Alles ihm nur zum Vergnügen gereichte, und er sich in dem Winkel eines Zimmers, das von der Glut eines knatternden Holzfeuers geröthet war, und wo kein Gespenst sein Gesicht zeigen durfte, ganz behaglich befand, war er desto schlimmer daran auf seinem Heimweg. Welch fürchterliche Gestalten und Schattenbilder umgaben seinen Pfad mitten im matten und dunklen Schimmer einer Schneenacht! – Mit welch sehnsüchtigem Blicke sah er auf jeden zitternden Lichtstrahl, der aus einem entfernten Fenster über die weiten Felder zu ihm herüberdrang! Wie oft erschrak er über einen mit Schnee bedeckten Strauch, der wie ein in ein Leichentuch gehülltes Gespenst ihm auf seinem Weg entgegentrat! Wie oft schauderte er zusammen vor dem Ton seiner eigenen Schritte auf der Eiskruste unter seinen Füßen und fürchtete sich, über seine Schulter zu sehen, weil er meinte, es schreite irgend ein unheimliches Wesen dicht hinter ihm! Und wie oft verlor er gar alle Fassung durch die heulenden Töne des Windes, in der Meinung, es sei der galoppirende Hesse auf einem seiner nächtlichen Züge!

Alles dieses waren aber nur nächtliche Schrecken, Phantome, welche die Nacht in uns aufsteigen läßt; und obgleich er manche Gespenster in seinem Leben gesehen hatte und mehr als einmal von dem Satan in verschiedenen Gestalten auf seinen einsamen Wanderungen beunruhigt worden war, so machte doch das Tageslicht allen diesen Spukereien ein Ende, und er würde, trotz Teufel und Teufelsspuk, ein recht angenehmes Leben geführt haben, wenn ihm nicht auf seinem Lebenspfade ein Wesen begegnet wäre, das den Sterblichen in größere Unruhe versetzt als Geister und Kobolde und die ganze Hexengesellschaft zusammengenommen, – ein Weib.

Unter den musikalischen Schülern, die sich an einem Abend in der Woche versammelten, um von ihm Unterricht im Gesang geistlicher

Lieder zu empfangen, befand sich auch Katharine van Tassel, die Tochter und das einzige Kind eines wohlhabenden holländischen Farmers. Sie war ein blühendes Mädchen von achtzehn Jahren, rund und voll wie ein Rebhuhn, reif, appetitlich und mit rosigen Wangen, wie eine von ihres Vaters Pfirsichen, und allbekannt nicht nur wegen ihrer Schönheit, sondern auch wegen ihres zu hoffenden Reichthums. Dabei war sie eine kleine Kokette, wie man schon aus ihrem Anzug schließen konnte; er war nämlich ein Gemisch von alter und neuer Mode und ganz dazu geeignet, ihre Reize ins gehörige Licht zu stellen. Sie trug noch einen Schmuck von ächtem puren Golde, den ihre Urgroßmutter von Saardam mitgebracht hatte; ferner ein reizendes Leibchen aus der alten Zeit und ein kurzes Unterkleid, das den schönsten Fuß und Knöchel in der ganzen Umgegend sehen ließ.

Ichabod Crane hatte ein sanftes und weiches Herz für das andere Geschlecht, und wir dürfen uns deßhalb nicht wundern, daß ein so verführerischer Bissen Gnade vor seinen Augen fand, besonders nachdem er sie in ihres Vaters Hause besucht hatte. Der alte Baltus van Tessel war das vollkommene Bild eines thätigen, zufriedenen, liberalen Farmers. Zwar ließ er sein Auge oder seine Gedanken nicht über die Gränzen seiner eigenen Farm hinaus schweifen, aber innerhalb dieser war Alles bequem, glücklich und wohl eingerichtet. Er war zufrieden mit seinem Reichthum, aber nicht stolz darauf, und legte mehr Gewicht auf seinen Ueberfluß als auf die Art und Weise, in der er lebte. Sein Haus lag an den Ufern des Hudson, in einem der grünen, geschützten, fruchtbaren Winkel, wo sich die holländischen Farmer so gern ansiedeln. Ein großer Ulmbaum breitete seine breiten Aeste darüber aus, und am Fuß desselben entsprang eine Quelle des reinsten, süßesten Wassers, das in ein eingefaßtes Becken floß und sich verstohlen durch das Gras in einen benachbarten Bach ergoß, der dann unter Erlen und Weiden weiter eilte.

Dicht am Farmhause befand sich eine große Scheune, die zu einer Kirche gedient haben mochte; durch jedes Fenster und jede Spalte derselben sahen die Schätze der Farm hervor; die Dreschflegel ließen sich darin vom Morgen bis zum Abend hören; Schwalben und andere Vögel flogen zwitschernd umher, und Flüge von Tauben, einige mit dem Blick nach oben, als wollten sie das Wetter beobachten, einige mit den Köpfen unter den Flügeln oder in der Brust vergraben, wieder andere sich aufblähend, girrend und sich vor ihren Weibchen verneigend, freuten sich auf dem Dache des Sonnenscheins. Fette, unbehülfliche Schweine grunzten und genossen der

Ruhe und des reichlichen Futters in ihren Ställen, und hier und da sprangen kleine Ferkel hervor und schnappten nach Luft. Eine stattliche Schaar Schneegänse versammelten sich mit ganzen Truppen von Enten in einem benachbarten Teiche; Regimenter von Truthühnern schweiften durch die Höfe der Farm, und anderes Geflügel trieb sich darin mit widerwärtigem Geschrei herum. Vor dem Scheunenthor stolzirte der galante Hahn, das Muster eines Hausherrn, ein Krieger und feiner Gentleman, schlug mit seinen ausgebreiteten Flügeln und krähte stolz und in der Freude seines Herzens, kratzte zuweilen die Erde mit seinen Füßen auf und rief dann großmüthig die allzeit hungrige Familie von Weibern und Kindern herbei, um sich des guten Bissens zu erfreuen, den er aufgefunden hatte.

Dem Pädagogen wässerte der Mund, als er diese reichen Quellen des Wintervorraths betrachtete. Mit begierigen Blicken stellte er sich jedes Ferkel, das umherlief, gebraten vor, mit einer köstlichen Fülle im Leibe und einem Apfel im Maule; die Tauben bettete er sorgfältig in eine schöne Pastete und umgab sie mit einer Kruste; die Gänse schwammen in ihrer eigenen Sauce, und die Enten lagen paarweise, gleich jungen Ehepärchen, mit einer passenden Zwiebelsauce in den Schüsseln. An den Schweinen sah er die künftigen

Speckseiten und saftigen Schinken ausgeschnitten; jeden Truthahn sah er schmackhaft zubereitet, mit seinem Magen unter dem Flügel und vielleicht einem Halsband von wohlschmeckenden Würsten, und selbst der stolze Hahn lag ausgebreitet auf seinem Rücken auf einer Nebenschüssel, mit aufgehobenen Krallen, als wenn er nach dem Quartier verlangte, das sein ritterlicher Geist verschmähte, als er noch am Leben war.

Indem sich nun der entzückte Ichabod alles dieß ausmalte und seine großen grünen Augen über die fetten Wiesen, die reichen Weizen-, Roggen-, Buchweizen- und Welschkornfelder und die mit reichen

Früchten versehenen Obstgärten, welche das schöne Gut van Tassels umgaben, schweifen ließ, zog ihn sein Herz zu dem Mädchen hin, das dieß Alles einmal erben sollte, und seine Einbildungskraft malte ihm vor, wie man dadurch leicht zu Vermögen kommen und das Geld in großen Strecken unbebauten Landes und Schindelpalästen in der Wildniß anlegen könne. Ja, seine geschäftige Phantasie zeigte ihm bereits die blühende Katharine mit einer ganzen Schnur von Kindern oben auf einem Wagen, mit Hausrath beladen und mit herunterhängenden Töpfen und Kesseln; er selbst sah sich auf einer Stute, mit einem Fohlen zur Seite, auf dem Wege nach Kentucky, Tennessee oder Gott weiß wohin.

Als er das Haus betrat, war sein Glück vollkommen. Es war eines jener geräumigen Farmhäuser mit hohen, etwas schiefen Dächern, in dem Stil, wie ihn die ersten holländischen Ansiedler liebten; das ein wenig hervorspringende Dach bildete in der Front des Hauses einen Säulengang, den man bei schlechtem Wetter verschließen konnte. Hier befanden sich Dreschflegel, Pferdegeschirr, verschiedenes Hausgeräthe und Netze, um in dem benachbarten Fluß zu fischen. An der Wand waren Bänke für den Sommer angebracht, und ein großes Spinnrad an dem einen und ein Butterfaß an dem anderen Ende zeigte die verschiedenen Zwecke, zu denen dieses Vorhaus bestimmt war. Aus diesem Säulengang ging der erstaunte Ichabod in den Vorsaal, der den Mittelpunkt des Hauses bildete und zum gewöhnlichen Aufenthaltsort diente. Hier blendete eine Reihe zinnernes, auf einem langen Tisch aufgestelltes Geräthe sein Auge. In einem Winkel lag ein großer Sack mit Wolle zum Spinnen, in einem anderen ein Haufen halb wollenen und halb leinenen Zeugs, das soeben von dem Webstuhl kam; Aehren von welschem Korn und Schnüre von getrockneten Aepfeln und Pfirsichen hingen in Guirlanden an den Wänden, gemischt mit rothem Pfeffer, und eine halb geöffnete Thüre ließ ihn einen Blick in das schönste Gastzimmer werfen, in welchem die klauenfüßigen Sessel und Mahagonytische gleich Spiegeln glänzten; Feuerböcke mit Schaufeln und Zangen blitzten wie reines Gold; getrocknete Orangen und Muscheln zierten den Kamin; Schnüre von mannigfaltig gefärbten Eiern hingen darüber; ein großes Straußenei hing von der Mitte des Zimmers herab, und ein Schenktisch in der Ecke zeigte außerordentliche Schätze an altem Silber und Porzellan.

Von dem Augenblicke an, als Ichabod diese Herrlichkeiten erblickte, war es mit der Ruhe seiner Seele vorbei, und sein einziges Dichten und Trachten ging nur dahin, die Zuneigung der unvergleichlichen Tochter van Tassels zu gewinnen. Dieß Unternehmen barg indeß größere Schwierigkeiten, als vormals das Loos eines irrenden Ritters in sich schloß, der selten mehr zu thun hatte als mit Riesen, Zauberern, feurigen Drachen und anderen leicht zu besiegenden Feinden zu kämpfen, und nur durch Eisen- und Erzthore und diamantene Wände bis zu dem Schloß zu dringen hatte, in dem die Auserwählte seines Herzens gefangen gehalten wurde, welches Alles er so leicht ausführte wie ein Mann, der sich durch das Centrum einer Weihnachtspastete hindurch arbeitet; die Prinzessin reichte ihm ihre Hand, und damit war die Sache abgethan. Ichabod dagegen hatte sich in das Herz einer ländlichen Kokette voll Launen und Kapricen zu stehlen, welche immer neue Schwierigkeiten und Hindernisse darboten; daneben hatte er es mit einem Heer furchtbarer Feinde von Fleisch und Blut und zahlreichen ländlichen Verehrern zu thun, welche jeden Zugang zu ihrem Herzen besetzt hielten, einander sorgfältig im Auge hatten, aber wenn es einen neuen Bewerber galt, stets gemeinsame Sache machten.

Der bedeutendste unter ihnen war ein dicker, lärmender und prahlender Bursche, Namens Abraham oder nach holländischer Abkürzung Brom van Brunt, der Held der ganzen

Umgegend, welche des Ruhms von seiner Stärke und seinem Muthe voll war. Er war breitschulterig und vierschrötig, mit kurzgelocktem schwarzen Haare, mit einem plumpen, aber nicht unangenehmen Gesicht, auf dem die Züge von Heiterkeit und Anmaßung geschrieben standen. Von seiner herkulischen Gestalt und seiner großen Stärke hatte er den Spitznamen Brom Bones erhalten, unter dem er allgemein bekannt war. Berühmt war er durch seine große Kenntniß und Geschicklichkeit in der Behandlung der Pferde, er war so flink zu Roß wie ein Tatar. Bei allen Wettrennen und Hahnengefechten war er der Erste, und vermöge der

Ueberlegenheit, die man im bäuerlichen Leben an körperlicher Stärke erlangt, war er der Schiedsrichter in allen Streitigkeiten, wobei er seinen Hut auf eine Seite setzte und seinen Bescheid mit einem Gesicht und Tone gab, die keinen Widerspruch und keine Berufung zuließen. Immer war er zu Streit und Neckerei bereit, aber er hatte mehr Muthwillen als bösen Willen und bei aller seiner Rohheit doch im Grunde einen Anstrich von guter Laune.

Dieser rohe Held hatte sich die schöne Katharine zum Gegenstand seiner ungeschlachten Galanterien auserwählt; und obgleich seine verliebten Tändeleien einigermaßen den Liebkosungen und der

Zärtlichkeit eines Bären glichen, so flüsterte man sich doch hier und da zu, daß sie seinen Bewerbungen nicht ganz abgeneigt sei. Ausgemacht ist es, daß sie seinen Nebenbuhlern als Signal galten, sich zurückzuziehen, und daß sie keine Neigung fühlten, einen Bären in seinen Liebesaffairen zu stören. Wenn man sein Roß irgend einmal in einer Sonntagsnacht an van Tassels Thüre angebunden sah, so war dieß ein sicheres Zeichen, daß sein Herr darin auf der Freiern war, und alle Bewerber zogen mißmuthig vorüber und nach einer anderen Himmelsgegend.

Dieß war nun der furchtbare Mann, mit dem es Ichabod Crane zu thun hatte; ein stärkerer Mann als er würde nach reiflicher Betrachtung sich zurückgezogen haben, ein verständigerer in Verzweiflung gerathen sein. Er aber, ein glückliches Gemisch von Geschmeidigkeit und Beharrlichkeit, war an Form und Geist wie ein biegsames Rohr, nachgiebig, aber zähe; wenn er sich auch bog, so brach er doch nicht, und wenn er auch dem geringsten Druck nachgab, so war er doch im Moment wieder obenauf, richtete sich empor und trug seinen Kopf so hoch wie immer.

Offen gegen seinen Nebenbuhler zu Feld zu ziehen, würde Tollheit gewesen sein, denn der war nicht der Mann, der sich in seinen Liebeshändeln irre machen ließ, so wenig wie der stürmische Liebhaber

Achilles. Deßhalb ging er in seinen Bewerbungen in ruhiger und einschmeichelnder Weise vor. In seiner Funktion als Singmeister machte er häufig Besuche in dem Farmhause und hatte dabei von der Einmischung der Eltern, die so oft ein Stein des Anstoßes für Liebende ist, nicht das Geringste zu fürchten. Balt van Tassel war eine gefällige, nachsichtige Seele; er liebte seine Tochter sogar noch mehr als seine Tabakspfeife und ließ sie, als ein vernünftiger Mann und vortrefflicher Vater, nach Gefallen ihren Weg gehen. Seine fleißige kleine Frau aber hatte genug zu thun, ihren Haushalt zu besorgen und ihr Federvieh in Ordnung zu halten, denn ihre

Meinung war, Enten und Gänse seien närrisches Volk und müßten in Aufsicht gehalten werden, die Mädchen aber könnten für sich selbst sorgen. Während nun die geschäftige Frau im Hause herum trollte oder an ihrem Spinnrad an einem Ende des Säulenganges saß, schmauchte der ehrliche Balt seine Pfeife am anderen und beobachtete das Thun eines kleinen hölzernen Kriegers auf dem Scheunendach, der, mit einem Schwert in jeder Hand, mächtig gegen den Wind focht. Unterdessen betrieb Ichabod seine Sache mit der Tochter, bald an der Quelle unter der großen Ulme sitzend, bald mit ihr in der Dämmerung schlendernd, welche den Gesprächen Liebender so günstig ist.

Ich muß gestehen, daß ich nicht weiß, wie man die Herzen der Frauen gewinnt. Mir sind sie immer Räthsel und Gegenstände der Bewunderung gewesen. Einige scheinen nur einen verwundbaren Punkt oder eine zugängliche Thüre zu haben, während andere tausend Zugänge haben und auf tausend verschiedenen Wegen gewonnen werden können. Ein großer Triumph ist es, die ersteren zu erobern, aber noch ein bei weitem größerer Beweis von Kunst, in Besitz der letzteren zu gelangen, denn hier muß ein Mann, um die Festung einzunehmen, in jede Thüre und jedes Fenster einzudringen suchen. Der, welcher tausend gewöhnliche Herzen gewinnt, ist daher einigen Ruhmes werth; der aber, welcher unbestritten das Herz einer Kokette erobert, ist ein wirklicher Held. In der That war dieß nicht der Fall mit dem furchtbaren Brom Bones, und von dem Augenblick, als Ichabod Crane seine Avancen machte, waren die Hoffnungen des ersteren offenbar im Sinken; man sah sein Pferd nicht mehr in Sonntagsnächten an das Haus angebunden, und es entspann sich nach und nach eine tödtliche Feindschaft zwischen ihm und dem Präceptor der Schlafhöhle.

Brom, der etwas von roher Ritterlicheit in seinem Wesen hatte, würde mit Freuden Mittel und Wege zum offnen Krieg gefunden und seinen Ansprüchen auf das Mädchen kurz und bündig nach irrender Ritter Art durch Kampf Nachdruck gegeben haben; aber Ichabod kannte zu sehr die Uebermacht seines Feindes über ihn, um sich mit ihm zu messen; er überhörte daher Bones' Prahlerei, »er wolle den Schulmeister zusammenklappen und auf ein Bret seines Schulhauses legen«; auch war er zu schlau, um ihm irgend eine Gelegenheit zu geben. Es lag etwas außerordentlich Herausforderndes in diesem hartnäckig festgehaltenen Friedenssystem; es blieb Brom keine Wahl, als die Sache ins Lächerliche zu ziehen und seinen Rival mit bäuerischem Spott zu verfolgen. Ichabod wurde von Seiten Bones' und seiner rohen Horde der Gegenstand einer muthwilligen Verfolgung. Sie beunruhigten sein bisher so friedliches Gebiet; brachten Rauch in seine Singschule durch Verstopfung des Schornsteins; brachen trotz der außerordentlichen Befestigungen der Fenster mit Weidenstöcken bei Nacht in das Schulhaus und warfen Alles zu unterst als oberst, so daß der arme Schulmeister glaubte, alle Hexen im ganzen Lande hielten hier ihre Versammlungen. Aber was noch unangenehmer war, Brom benutzte jede Gelegenheit, ihn in Gegenwart seiner Geliebten lächerlich zu machen; so hatte er einen schäbigen Hund, den er auf eine possierliche Weise winseln lehrte und als Ichabods Rival bei ihr einführte, um sie im

Gesang geistlicher Lieder zu unterrichten.

So stand die Sache eine Zeit lang, ohne daß sich die gegenseitige Position der streitenden Parteien wesentlich änderte. Da saß einmal an einem schönen Herbstnachmittag Ichabod nachdenkend auf seinem erhabenen Stuhl, wie auf einem Thron, von welchem er gewöhnlich alle Angelegenheiten seines kleinen literarischen Reiches überwachte. In seiner Hand schwang er einen Stock, das Scepter der Despotie; die Birkenruthe, der Schrecken der Uebelthäter, hing an drei Nägeln hinter dem Throne, während vor ihm auf einem Pulte allerhand contrebande Waare und verbotene

Gegenstände lagen, die er bei unnützen Buben entdeckt hatte, als halbverzehrte Aepfel, Knallbüchsen, Kreisel, Fliegenhäuschen und eine ganze Legion von kleinen Papierfiguren. Offenbar war eben ein abschreckender Akt der Justiz vor sich gegangen, denn seine Schüler hatten alle ihre Aufmerksamkeit auf die Bücher gewandt, oder flüsterten, ein Auge auf den Meister gerichtet, scheu und leise, und eine Art summender Stille herrschte durch die ganze Schulstube. Plötzlich wurde dieß unterbrochen durch die Erscheinung eines Negers in einer Zwillichjacke und weiten Hosen, mit einem Fragment von einem runden Hute gleich einer Mercuriuskappe, auf einem schlechten, wilden Hengstfüllen sitzend, das er an einem Strick mit einer Halfter führte. Er kam mit Rasseln an die Schulthüre, um Ichabod für diesen Abend zu einer fröhlichen Gesellschaft bei Mynheer van Tassel einzuladen. Als er seine Botschaft mit wichtigen Mienen und in der feinsten Sprache, welche ein Neger bei Gelegenheiten der Art anzunehmen fähig ist, ausgerichtet hatte, eilte er über den Bach weiter und war, erfüllt von der Wichtigkeit und der Eile seiner Sendung, bald außer Gesicht.

Alles war nun in der zuvor ruhigen Schulstube in Aufruhr. Die Schüler eilten rasch über ihre Lektionen hinweg, ohne sich bei Kleinigkeiten aufzuhalten; diejenigen, welche gewandt waren, überhüpften ungestraft die Hälfte, und diejenigen, welche langsam waren, bekamen hin und wieder einen Klaps, um sie zur Eile anzutreiben, oder man half ihnen über ein langes Wort hinweg. Bücher wurden, anstatt sie auf die Bücherbreter zu stellen, auf die Seite geworfen, Tintenfässer umgeschmissen, Bänke umgeworfen, und die ganze Schule wurde eine Stunde vor der Zeit geschlossen; die Schulkinder aber stürzten heraus wie eine Heerde junger Füllen, schrieen und lärmten im Grase, um ihre Freude über die frühe Entlassung auszudrücken.

Der galante Ichabod wendete jetzt zum wenigsten eine halbe Stunde auf seine Toilette, bürstete und reinigte seinen schwarzen verschossenen Rock aufs beste und ordnete seine Locken vor einem Stück Spiegel, das an der Wand hing. Um vor seiner Herzallerliebsten als ein wahrer Kavalier zu erscheinen, lieh er von einem Farmer, mit dem er in gutem Vernehmen stand, einem cholerischen alten Manne, Namens Hans van Rippers, ein Pferd, und so trat er wohlberitten seine Wanderschaft wie ein fahrender Ritter an, der auf Abenteuer ausgeht. Aber ich muß nothwendig, dem Geiste einer romantischen Geschichte gemäß, einen etwas näheren Bericht von dem Aussehen und der Ausstaffirung meines Helden und seines Rosses geben. Das Thier, das er ritt, war ein abgelebter Ackergaul, der fast um Alles in der Welt gekommen war, nur nicht um seine Bosheit. Er war dürr und langhaarig, mit einem Hals wie ein Schaf und einem Kopf wie ein Hammer; Mähne und Schweif zusammengewirrt und geknotet; ein Auge hatte seine Pupille verloren und war weiß und glänzend, das andere, aber hatte noch den wahren Teufel in sich. Er mußte zu seiner Zeit Muth und Feuer gehabt haben, wie man schon aus seinem Namen schließen kann; er hieß Gunpowder (Schießpulver). Wirklich war er das Lieblingspferd seines Herrn, des heftigen van Rippers, gewesen, der ein wüthender Reiter, und von dessen Geist wahrscheinlich etwas auf das Thier übergegangen war; denn so alt und zusammengebrochen er auch aussah, so hatte er doch den Teufel im Leibe, wie kein Füllen in Lande.

Ichabod war eine Figur, die ganz zu dem Pferde paßte. Er ritt mit kurzen Bügeln, so daß seine Kniee fast an den Sattelknopf stießen; seine spitzen Ellbogen standen hinaus wie bei den Heuschrecken; die Peitsche hielt er perpendikulär in der Hand wie ein Scepter, und wenn sein Pferd einen kurzen Paß ging, bewegten sich seine Arme wie ein paar Flügel; der Saum seines schwarzen Rockes flatterte fast bis zum Schweif seines Pferdes. So sah

Ichabod und sein Pferd, aus, als sie aus Hans van Rippers' Thor hinauszogen; es war eine Erscheinung, wie man sie nur selten zu sehen bekommt.

Wie ich schon erwähnt habe, war es ein schöner Herbsttag; der Himmel war hell und blau, und die Natur trug das reiche, goldene Kleid, welches wir immer mit der Idee des Ueberflusses verbinden. Die Wälder hatten ein braunes und gelbes Gewand angelegt, während einige zartere Bäume durch den Frost die brillanten Farben von Orange, Purpur und Scharlachroth angenommen hatten. Schaaren von wilden Tauben durchzogen hoch die Luft; von den Buchen- und Hickorybäumen hörte man das

Geräusch der Eichhörnchen und zu Zeiten den schwermüthigen Wachtelschlag von den benachbarten Stoppelfeldern.

Die kleineren Vögel waren im Begriff ihren Abschiedsschmaus zu halten. In der Fülle des Genusses flatterten sie fröhlich zwitschernd von Busch zu Busch und von Baum zu Baum, verwundert über den Ueberfluß und den Wechsel um sie herum. Da war das schöne Rothkehlchen, das Lieblingsvögelchen der Knaben, mit seiner hellen klagenden Stimme, die Amseln mit ihrem weittönenden Gesang, die goldbeschwingten Spechte mit ihrem hochrothen Federbusch, ihrem breiten schwarzen

Halskragen und ihrem glänzenden Gefieder; der Ledervogel mit seinen rothgefleckten Flügeln und Schwanz und seiner kleinen Reitkappe von Federn; der blaue Häher, dieser lärmende Gesell mit seinem hellblauen Kleid und weißen Unterkleidern, kreischend und plaudernd, nickend, baumelnd, sich biegend und sich benehmend, als wenn er mit allen Sängern des Waldes in gutem Vernehmen stände.

Als nun Ichabod so langsam hintrollirte, schweifte sein Auge, das für jedes Symptom von kulinarischem Ueberfluß immer offen war, mit Vergnügen über die Schätze des heiteren Herbstes. An allen Seiten sah er einen großen Vorrath von Aepfeln, einige in reicher Fülle an den Bäumen hängen, andere in Körben und Tonnen zum Verkauf gesammelt, wieder andere in großen Haufen aufgespeichert für die Cyderpresse. Ferner erblickte er große Felder welschen Korns, das mit seinen goldnen Aehren aus den blätterreichen Büscheln hervorsah und gute Kuchen und Puddings in Aussicht stellte; darunter gelbe Kürbisse, ihre runden Früchte gegen die Sonne gewendet, die herrlichsten Torten versprechend; darauf passirte er die wohlriechenden Buchweizenfelder, die Lust der Bienen, und indem er sie sah, stahlen sich Gedanken an schmackhafte, wohl mit Butter versehene und mit Honig oder Syrup versetzte, von der zarten kleinen Hand der Katharine van Tassel gebackene Törtchen in seine Seele.

Indem er so seine Seele mit manchen süßen Gedanken und verzuckerten Hoffnungen nährte, ritt er an der Seite einer Reihe von Hügeln hin, welche die Aussicht auf einige der schönsten Scenen des mächtigen Hudson darbieten. Die Sonne kehrte allmählig ihre breite Scheibe dem Westen zu. Das weite Becken des Tappansees lag bewegungslos und glänzend da, nur hier und da bewegten sich leise die Wellen und spiegelten die blauen Schatten der entfernten Gebirge wieder. Wenige dunkle Wolken schwammen am

Himmel, ohne daß sie ein Lufthauch bewegte. Der Horizont hatte eine schöne goldene Färbung, die sich nach und nach in sattes Grün und weiter in tiefes Blau verwandelte. Ein schräger Strahl fiel auf den waldigen Kamm des Abhangs, der sich nach dem Flusse herabzog, und verlieh der dunkelgrauen und purpurnen Farbe seiner Felspartien größere Tiefe. In der Ferne sah man ein kleines Schiff langsam mit hängenden Segeln dahin steuern; und da der Himmel sich in dem stillen Wasser wiederspiegelte, schien es, als schwebte es in der Luft.

Es war gegen Abend, als Ichabod am Schlößchen van Taffels anlangte, welches er gedrängt voll fand von der Blüthe und der Aristokratie der

Nachbarschaft. Alte Farmer, eine magere Race mit ledernen Gesichtern, mit selbstgemachten Kleidern und Hosen, blauen Strümpfen, großen Schuhen und herrlichen zinnernen Schnallen; kleine verwelkte Frauen mit großen Kragen, Kleidern mit langen Taillen, selbstgesponnenen Unterkleidern, Scheeren und Nadelkissen und schönen kattunenen Taschen an der Seite. Muntere Mädchen, in ihrem Anzug fast so antiquirt wie ihre Mütter, mit Ausnahme eines Strohhutes, eines schönen Bandes oder vielleicht eines weißen Kleides, die an die neuen Moden der Stadt erinnerten. Die Söhne in kurzen gestreiften Röcken mit Reihen großer Messingknöpfe, das Haar gewöhnlich mit einem Zopf nach der damaligen Mode, wobei sie sich einer Aalhaut bedienten, als eines in der ganzen Gegend geschätzten Mittels, um den Haarwuchs zu befördern.

Brom Bones aber war der Held der Scene. Er war zu der Gesellschaft auf seinem Lieblingshengst Daredevil (Teufelstrotz) gekommen, einem Thier gleich ihm selbst voll Muth und Bosheit, das Niemand als er regieren konnte. Er war bekannt als einer, der boshafte, zu allen Arten von bösen Streichen geneigte und den Kopf des Reiters immer aufs Spiel setzende Thiere bevorzugte, denn er hielt ein folgsames wohlgezogenes Pferd eines Burschen von Geist unwürdig.

Wohl muß ich etwas verweilen bei allen den Herrlichkeiten, die den entzückten Blicken meines Helden begegneten, als er das Putzzimmer in van Tassels Hause betrat. Ich meine hier nicht die Reize der vielen munteren Mädchen mit ihrem reichen Schmuck von rothen und weißen Kleidern, sondern die reichen Schätze eines ächt holländischen ländlichen Theetisches zur schönen Herbstzeit. Welch gehäufte Schüsseln von Kuchen der verschiedensten, kaum zu beschreibenden Arten, wie sie nur erfahrenen holländischen Hausfrauen bekannt sind! Da gab es süße Kuchen und mürbe Kuchen, Ingwer- und Honigkuchen, kurzum die ganze Familie von Kuchen.

Desgleichen fanden sich Aepfeltorten, Pfirsich- und Kürbistorten; ferner Schinken und Rauchfleisch; getrocknete Pflaumen, Pfirsiche und Quitten; geröstete Heringe und gebratene Hühnchen; daneben Schüsseln von Milch und Rahm, Alles durcheinander, in der Mitte der häusliche Theepot, der seine Rauchwolken allenthalben hin verbreitete.

Doch mir fehlt die Zeit, das ganze Banket zu beschreiben, und ich muß eilen, meine Geschichte weiter zu verfolgen. Glücklicher Weise hatte Ichabod Crane nicht so große Eile als sein Geschichtschreiber, sondern ließ jedem Leckerbissen Gerechtigkeit widerfahren.

Er gehörte zu den dankbaren Kreaturen, deren Herzen sich erweitern in dem Verhältniß, in welchem ihre Leiber sich mit guten Speisen füllen, und deren Geist durch Essen sich belebt, wie bei manchen Menschen durch Trinken. Dabei konnte er nicht unterlassen, während des Essens seine großen Augen umherschweifen zu lassen und heimlich bei dem Gedanken zu lächeln, daß er dereinst Herr dieser Scenen außerordentlichen Glanzes und Ueberflusses werden könne. Wie bald, dachte er, könne er dem alten Schulhause den Rücken zukehren, Hans van Rippers und jedem anderen geizigen Patron unter die Nase schnippen und jeden reisenden

Pädagogen, der sich unterfangen sollte, ihn Kamerad zu nennen, zur Thüre hinaus werfen.

Der alte Baltus van Tassel bewegte sich unter seinen Gästen mit einem Gesicht voll Zufriedenheit und guter Laune, rund und voll wie der Mond. Seine kleinen Aufmerksamkeiten waren kurz, aber voll Ausdruck; sie beschränkten sich auf einen Handschlag, einen Klaps auf die Schulter, ein lautes Gelächter und eine dringende Einladung »zuzulangen und sich selbst zu bedienen«.

Jetzt tönte Musik von dem Salon und lud zum Tanze ein. Der Musiker war ein alter grauköpfiger Neger, schon seit einem halben Jahrhundert das wandernde Orchester der Umgegend. Sein Instrument war so alt und abgenutzt als er selbst. Größtentheils kratzte er nur auf zwei oder drei Saiten, indem er jede Bewegung seines Bogens mit einer Kopfbewegung begleitete und sich fast bis auf den Boden beugte und mit dem Fuß stampfte, so oft ein frisches Paar antrat.

Ichabod bildete sich so viel auf sein Tanzen ein als auf seine Stimme. Nicht ein Glied, nicht eine Fiber an ihm war müßig; und wer sein schlotteriges Gestell in voller Bewegung über den Tanzplatz hinrasseln sah, mußte glauben, St. Veit selbst, der heilige Patron des Tanzes, mache leibhaftig seine

Touren vor ihm. Er wurde von allen Negern bewundert, die sich von allen Altern und Größen von der Farm und aus der Nachbarschaft versammelt hatten, eine Pyramide von glänzenden schwarzen Gesichtern an jeder Thüre und jedem Fenster bildeten, sich mit Vergnügen die Scene besahen, ihre weißen Augäpfel rollen und ihre Reihen von Elfenbeinzähnen von einem Ohr zum anderen sehen ließen. Warum hätte da der Knabenzuchtmeister nicht lustig und vergnügt sein sollen?

Die Dame seines Herzens war seine Tänzerin und lächelte wohlwollend bei allen seinen verliebten Blicken, während Brom Bones, wüthend vor

Liebe und Eifersucht, finster und in sich versunken in einem Winkel saß.

Als der Tanz zu Ende war, wurde Ichabod zu einem Häufchen ernster Männer hingezogen, welche mit dem alten van Tassel an einem Ende des Säulenganges ihre Pfeife rauchten, von alten Zeiten schwatzten und besonders lange Geschichten aus dem Krieg erzählten.

Die Gegend, von der ich spreche, gehörte damals zu jenen begünstigten, welche reich an Geschichte und großen Männern sind. Die britischen und die amerikanischen Truppen waren während des Krieges in der Nähe aufeinander gestoßen, sie war deßhalb die Scene von Plünderungen geworden und hatte Flüchtlinge, Troßbuben und alle Arten von Gränzrittern beherbergt. Es war hinreichende Zeit verflossen, um jeden Erzähler in den Stand zu setzen, seine Geschichte mit etwas Erdichtung aufzuputzen und bei der Unbestimmtheit seiner Erinnerung sich selbst zum Helden jeder That zu machen.

Da war die Geschichte von Duffue Martling, einem dicken blaubärtigen Holländer, der fast eine britische Fregatte mit einem alten eisernen Neunpfünder von einer sumpfigen Brustwehr genommen hätte, wenn nicht seine Kanone beim sechsten Schuß zersprungen wäre. Und da war ein alter Herr, – seinen Namen nenne ich nicht, er ist mir ein zu reicher Mynheer, – der, ein großer Meister in der Vertheidigungskunst, in der Schlacht von Whiteplains eine Flintenkugel mit einem kleinen Säbel parirte, so daß er das Zischen rund um die Klinge und die schnelle Bewegung des Heftes fühlte; zum Beweis der Wahrheit war er jederzeit bereit, den Säbel mit dem etwas verbogenen Heft zu zeigen. Es gab noch verschiedene Andere, die ebenso groß im Felde waren, darunter aber nicht einen Einzigen, der nicht überzeugt gewesen wäre, daß er zum glücklichen Ende des Krieges wesentlich beigetragen habe.

Aber alles Das war nichts gegen die Erzählungen von Geistern und

Erscheinungen, die nun folgten. Die Gegend ist reich an märchenhaften Schätzen dieser Art. Abergläubische Lokalgeschichten gedeihen am besten in diesen verborgenen, lange bewohnten Schlupfwinkeln, während sie durch das bewegte Gedränge, das die Bevölkerung unserer meisten Landstädte bildet, unter die Füße getreten werden. Uebrigens finden auch in den meisten unserer Dörfer die Geister keine Aufmunterung; denn sie hatten kaum Zeit, ihr erstes Schläfchen zu beendigen und sich in ihren Gräbern umzudrehen, so sind ihre überlebenden Freunde bereits aus der Gegend weggewandert, so daß, wenn sie in der Nacht die Runde machen, sie keine Bekannten mehr finden, denen sie einen Besuch abstatten könnten. Dieß ist vielleicht auch der Grund, weßhalb wir, ausgenommen in unseren lange bewohnten holländischen Gemeinden, so wenig von Geistern hören.

Die Hauptursache jedoch, weßhalb man soviel von übernatürlichen Begebenheiten in dieser Gegend vernahm, war ohne Zweifel der Nähe der Schlafhöhle zuzuschreiben. Es herrschte ein wahres Kontagium in der Luft, die von jener verzauberten Gegend herwehte; sie strömte eine Atmosphäre von Träumen und Einbildungen aus, die das ganze Land ansteckte. Einige von den Bewohnern der Schlafhöhle waren auch bei van

Tassel und kramten, wie gewöhnlich, ihre wilden und wunderbaren Legenden aus. Es wurden mancherlei schreckliche Geschichten von Leichenzügen erzählt, sowie von klagenden und wimmernden Stimmen, die man bei dem großen Baum vernommen hatte, wo der unglückliche Major André ergriffen worden war. Auch gedachte man der weißen Frau, die das dunkle Thal von Raven Rock unsicher machte, und die man oft in Winternächten vor einem Sturm kreischen hörte. Sie war da im Schnee umgekommen. Die meisten der Erzählungen drehten sich aber um das Lieblingsgespenst der Schlafhöhle, den Reiter ohne Kopf, der erst kürzlich mehre Male durch die Gegend patrouillirt war, und wie man sagte, in der Nacht sein Pferd unter den Gräbern im Kirchhof angebunden hatte.

Die einsame Lage dieser Kirche scheint sie immer zum Lieblingsaufenthalt unruhiger Geister gemacht zu haben. Sie stand auf einem kleinen Hügel, umgeben von Locustbäumen und hohen Ulmen, aus denen ihre schönen weißen Wände, das Bild der christlichen Reinheit, bescheiden hervorblickten. Von ihr senkt sich der Hügel zu einem hellen Bach herab, umgeben von hohen Bäumen, zwischen denen einzelne Blicke auf die blauen Hügel des Hudson gestattet sind. Wenn man auf ihren mit Gras bewachsenen Hof blickt, wo die Sonnenstrahlen so ruhig zu schlafen scheinen, sollte man denken, daß hier wenigstens der Todte in Frieden ruhen möge. An einer Seite der Kirche breitet sich ein weites waldiges Thal aus, längs dem ein starker Bach unter abgebrochenen Felsen und gefallenen Baumstämmen dahin rauscht. Ueber einen tiefen dunkeln Theil des Stroms, nicht weit von der Kirche, war vormals eine hölzerne Brücke gelegt; der Weg, der zu ihr führte, und die Brücke selbst war dick beschattet von überhängenden Bäumen, die selbst am Tage Dunkelheit auf ihr verbreiteten, in der Nacht aber eine furchtbare Finsterniß verursachten. Dieses war denn ein

Lieblingsaufenthalt des Reiters ohne Kopf und die Stelle, wo man ihm auch am häufigsten begegnete. Die Geschichte erzählte der alte Brouwer, sonst ein häretischer Ungläubiger, was die Geister betraf. Er berichtete, wie er dem Reiter, auf seiner Rückkehr vom Felde nach der Schlafhöhle, begegnet war und sich genöthigt sah, hinter ihm zu bleiben; wie sie durch Busch und Dorn, über Hügel und Morast galoppirten, bis sie die Brücke erreichten; hier verwandelte sich der Reiter plötzlich in ein Beingerippe, zog den alten Brouwer in den Bach und sprang über die Baumwipfel mit einem Donnerschlag davon. Den Pendant zu dieser Geschichte lieferte ein noch viel wunderbareres Erlebnis Brom Bones', der den galoppirenden Hessen für einen Erzspitzbuben ansah. Er versicherte, daß er in der Nacht, auf der Rückkehr von dem benachbarten Dorfe Sing-Sing von diesem nächtlichen Reiter eingeholt worden sei; er habe ihm das Anerbieten gemacht, mit ihm um eine Bowle Punsch um die Wette zu reiten, und würde auch die Wette gewonnen haben, da Daredevil alle Geisterpferde der ganzen Höhle aussteche; aber als sie zu der Kirchenbrücke gekommen seien, habe der Hesse angehalten und sei in einer feurigen Flamme verschwunden.

Alle diese Geschichten, welche mit gedämpfter Stimme in der Dunkelheit erzählt wurden, und wobei die Gesichter der Zuhörer nur hier und da zufällig durch einen Schimmer aus einer Tabakspfeife erleuchtet wurden, prägten sich tief in Ichabods Seele ein. Er ergänzte sie durch weitschweifige Auszüge aus seiner unschätzbaren Schrift von Cotton Mather und fügte noch manche wunderbare Vorfälle hinzu, die sich in seinem Geburtslande Connecticut zugetragen hatten, sowie andere fürchterliche Erscheinungen, die er auf seinen nächtlichen Gängen in der Gegend der Schlafhöhle gesehen hatte.

Die Gesellschaft brach nun allmählig auf. Die alten Farmer packten ihre Familien zusammen in die Wägen, und man hörte sie noch lange über die dumpfen Wege und über die entfernten Hügel rasseln. Einige von den Damen ritten hinter ihren Liebhabern, und ihr fröhliches Gelächter und das Rasseln der Hufschläge hallte längs des Waldes wieder und wurde allmählig schwächer und schwächer, bis es ganz verschwand. Die ganze geräuschvolle und muntere Scene war auf einmal still und wie ausgestorben. Nur Ichabod zögerte, nach Art der ländlichen Liebhaber, um noch ein *tête-à-tête* mit seiner Geliebten zu halten, vollkommen überzeugt, daß er nun auf dem geraden Weg zu seinem Glücke sei. Was bei dieser Unterredung vorging, getraue ich mir nicht zu sagen, denn in der That, ich weiß es nicht. Doch fürchte ich, es muß etwas nicht recht nach seinem Sinne gewesen sein, denn nach kurzer Zeit ging er mit einem fast trostlosen und verstörten Gesicht hinweg. O die Mädchen! die Mädchen! Hatte das Mädchen einen ihrer koketten Streiche gespielt? – War die Begünstigung des armen Pädagogen blos eine Täuschung, um sich den Besitz seines Rivals zu sichern? – Der Himmel weiß es, ich nicht! – Genug, Ichabod stahl sich fort mit einem Gesicht, als wenn er ein Hühnerhaus statt ein Mädchenherz beraubt hätte. Ohne rechts oder links auf die Scene der ländlichen Wohlhabenheit zu sehen, die er so oft mit Wohlbehagen betrachtet hatte, ging er geraden

Weges nach dem Stall und weckte mit einigen herzhaften Knüffen und Schlägen sein Pferd höchst unzart aus seiner bequemen Lage, denn es genas eines gesunden Schlafes und träumte von Bergen voll Korn und Gerste und ganzen Thälern voll Klee und Haferweide.

Es war gerade die rechte nächtliche Hexenzeit, als Ichabod, niedergeschlagen und schweren Herzens, seinen Weg nach Hause an den Seiten der stolzen Hügel, welche sich über Tarry Town erheben, verfolgte, und welchen er noch am Nachmittag zuvor so heiter passirt hatte. Die Stunde war so traurig wie er selbst. Weit unter ihm breitete sich der Tappansee mit seinen dunkeln und großen Wogen aus, hier und da mit dem hohen Mast einer Schaluppe, welche ruhig vor Anker lag. In der Todtenstille der Mitternacht konnte er noch das Bellen eines Hundes von der entgegengesetzten Küste des Hudson hören; aber es war so unbestimmt und schwach, daß man nur schwer sich einen Begriff von seiner Entfernung zu machen vermochte. Hier und da vernahm man das Krähen eines zufällig erwachten Hahnes von irgend einem Farmhause unter den Hügeln, aber es war nur, als wenn er den Ton geträumt hätte. Kein Zeichen des Lebens regte sich in seiner Nähe, als vielleicht das melancholische Zirpen einer Grille oder das Quaken eines Frosches in dem nahen Sumpfe, der nicht bequem schlief und sich plötzlich in seinem Bette umdrehte.

Alle die Geister- und Gespenstergeschichten, die er am Abend gehört hatte, drängten sich jetzt haufenweise in seine Erinnerung. Die Nacht wurde immer dunkler; die Sterne senkten sich tiefer am Himmel, und treibende Wolken verbargen sie seinem Auge. Nie hatte er sich so einsam und traurig gefühlt. Ueberdieß näherte er sich jetzt der Stelle, wo manche der erwähnten Geistergeschichten sich ereignet hatten. In der Mitte der Straße stand ein sehr großer Tulpenbaum, der wie ein Riese über alle benachbarten Bäume hinausragte und eine Art von

Gränzzeichen bildete. Seine Aeste waren knorrig und phantastisch, groß genug, um die Stämme gewöhnlicher Bäume abzugeben, fast bis zur Erde und wieder in die Luft reichend. Er war enge mit der tragischen Geschichte des unglücklichen André verschwistert, der dicht dabei gefangen genommen wurde; gewöhnlich nannte man ihn nur Major André's Baum. Das gemeine Volk betrachtete ihn mit einem Gemisch von Ehrfurcht und Aberglauben, theils aus Sympathie mit dem Schicksal ihres unglücklichen Landsmannes, theils wegen der Erzählungen von den seltsamen Erscheinungen und den damit zusammenhängenden traurigen Stimmen und Lamentationen.

Als sich Ichabod dieser unheimlichen Stelle näherte, fing er zu pfeifen an; er meinte, sein Pfeifen werde erwiedert, es war aber nur der Wind, der durch die dürren Zweige fuhr. Als er ein wenig näher kam, glaubte er etwas Weißes zu sehen, das in der Mitte des Baumes hing – er hielt stille und hörte auf zu pfeifen; als er aber näher zusah, gewahrte er, daß eine Stelle am Baume vom Blitze getroffen und das weiße Holz bloß gelegt war. Plötzlich hörte er ein Stöhnen – seine Zähne klapperten, und seine Kniee schlugen gegen den Sattel: es waren aber nur ein paar vom Winde bewegte Aeste, die sich an einander rieben. Er kam glücklich vor dem Baume vorbei, aber neue Gefahren warteten seiner.

Ohngefähr zweihundert Schritte von dem Baume kreuzte ein kleiner Bach die Straße und ergoß sich in ein sumpfiges und dicht bewaldetes, unter dem Namen Wiley's Sumpf bekanntes Thal. Einige rohe, neben einander gelegte Stämme dienten als Brücke über dieses Wasser. An der Seite der Straße, wo der Bach in den Wald eindrang, verbreitete eine Gruppe von Eichen und Nußbäumen, dick mit wilden Weinreben umzogen, eine große Dunkelheit über denselben. Diese Brücke zu passiren, war ein schweres Unternehmen. Gerade an dieser Stelle war es, wo der unglückliche André gefangen worden war, und in dem Dickicht dieser Nußbäume und Weinreben hatte sich der starke Bauer verborgen, der ihn überfiel. Daher hielt man auch den Fluß seit dieser Zeit für verzaubert, und alle Schulbuben, die ihn in der Dunkelheit allein zu passiren hatten, fürchteten sich über alle Beschreibung.

Als er sich dem Fluß näherte, fing sein Herz zu pochen an; er nahm jedoch allen seinen Muth zusammen, setzte seinem Pferde die Sporen in die Rippen und suchte schnell über die Brücke zu kommen; aber anstatt vorwärts zu springen, machte das widerspenstige alte Thier eine Seitenbewegung und rannte quer gegen den Zaun. Ichabod, dessen Furcht mit der Verzögerung wuchs, zog mit dem Zügel nach der anderen Seite und stieß wacker mit dem entgegengesetzten Fuße; aber Alles war vergeblich; sein Pferd raffte sich zwar auf, aber nur um auf die entgegengesetzte Seite des Weges in ein Dickicht von Brombeer- und Erlenbüschen zu stürzen. Jetzt ließ der Schulmeister Peitsche und Ferse auf die abgemagerten Rippen Gunpowders einwirken, worauf dieser schnaubend vorwärts stürzte, aber gerade bei der Brücke zum Stehen kam, und zwar so plötzlich, daß er seinen Reiter fast über seinen Kopf heruntergeworfen hätte. Gerade in demselben Augenblick schlug ein dumpfes Geräusch an der Seite der Brücke an Ichabods feines Ohr. Zugleich sah er im dunkeln Schatten des Haines am Rande des Flusses etwas Großes, Mißgestaltetes, Schwarzes, gleich einem Thurm. Es bewegte sich nicht, sondern schien sich in der Dunkelheit zu verbergen, wie ein Riesenungeheuer, das bereit ist, auf den Wanderer loszuspringen. Dem furchtsamen Pädagogen stiegen vor Schrecken die Haare zu Berge. Was sollte er anfangen? Umzukehren und zu fliehen, war jetzt zu spät; wie hätte er auch einem Geist oder Gespenst, wenn es ein solches war, entrinnen mögen, das ja auf Windesflügeln dahineilen konnte? Er ermuthigte sich deßhalb, so gut er konnte, und fragte mit stotternder Stimme: »Wer bist Du?« Es erfolgte aber keine Antwort. Noch einmal prügelte er auf die unbeugsamen Flanken Gunpowders los und fing an, mit geschlossenen Augen ein geistliches Lied zu singen. Augenblicklich aber setzte sich das furchtbare Schattenobjekt in Bewegung und stellte sich mit einem Sprung mitten in den Weg. Obgleich die Nacht finster und schrecklich war, konnte man doch jetzt einigermaßen die Form des unbekannten Wesens unterscheiden. Es schien ein Reiter von bedeutendem Umfange auf einem schwarzen Pferde von mächtiger Gestalt zu sein. Er machte keine Anstalt, den Wanderer zu beunruhigen oder sich zu ihm zu gesellen, sondern blieb zur Seite in einiger Entfernung vom Wege, indem er auf der blinden Seite Gunpowders vorwärts trottete, der jetzt seine Furcht und seinen Eigensinn verloren hatte.

Ichabod, der keinen Gefallen an diesem fremden nächtlichen Begleiter hatte und der an die Abenteuer Brom Bones' mit dem galoppirenden Hessen dachte, trieb sein Pferd an, in der Hoffnung, ihn hinter sich zu lassen. Der Fremde dagegen hielt mit ihm gleichen Schritt. Ichabod riß aus, der andere that dasselbe. Da begann ihm der Muth zu sinken; er wollte wieder singen, aber seine trockene Zunge klebte ihm am Gaumen, und er konnte keinen Ton hervorbringen. Es lag etwas Mysteriöses und Erschreckliches in dem mürrischen Schweigen dieses beharrlichen Begleiters. Bald sollte es sich aufklären. Indem sie eine etwas bergansteigende Gegend hinanritten, wobei sich die riesenhafte, in einen Mantel gehüllte Gestalt besser von dem Himmel abhob, war Ichabod vor Schrecken fast des Todes, als er bemerkte, daß sie keinen Kopf hatte! Noch größer aber war sein Schrecken, als er wahrnahm, daß der Kopf, statt auf den Schultern, vor ihm auf dem Sattelknopf lag. Sein Schrecken stieg zur Verzweiflung; er ließ eine Masse von Stößen und Schlägen auf Gunpowder hernieder regnen, indem er hoffte, durch eine plötzliche Bewegung seinem Begleiter zu entwischen – aber das Gespenst blieb ihm immer zur Seite. So stürzten sie denn vorwärts, durch Dick und Dünn; Steine flogen und Funken stoben mit jedem Sprung. Ichabods leichte Kleider flatterten in der Luft, während er in eiliger Flucht seinen langen dürren Leib über den Kopf seines Pferdes ausstreckte.

Sie hatten nun die Straße, welche sich nach der Schlafhöhle wendet, erreicht; aber Gunpowder, der von einem Dämon besessen schien, machte, anstatt sich auf ihr zu halten, eine Wendung nach der entgegengesetzten Richtung und stürzte mit dem Kopfe voran den

Hügel nach links herab. Dieser Weg führt durch eine sandige Höhle, ohngefähr eine Viertelmeile lang von Bäumen beschattet, wo er die in den Gespenstergeschichten so berüchtigte Brücke kreuzt, und gerade darüber ragt der grüne Hügel hervor, auf dem die weiße Kirche steht.

Der panische Schrecken des Pferdes hatte jetzt seinem ungeschickten Reiter einen offenbaren Vortheil bei der Jagd gegeben; aber gerade als er halbweges durch die Höhle gekommen war, gab der Sattelgurt nach und drohte unter ihm wegzugleiten. Er hielt sich am Sattelknopf fest und suchte den Sattel fest zu halten, aber vergebens; er hatte gerade nur noch Zeit, sich an den Hals des alten Gunpowder festzuklammern, als der Sattel auf die Erde fiel und er hörte, wie er von seinem Verfolger unter die Füße gestampft wurde. Zeitweise dachte er wohl an Hans van Rippers' Zorn – denn es war sein Sonntagssattel; aber zu solchen unbedeutenden Dingen war keine Zeit da, das Gespenst war ihm dicht auf der Ferse, und da er ein ungeschickter Reiter war, kostete es ihm viele Mühe, sich auf seinem Sitz zu erhalten. Bald rutschte er auf die eine Seilte, bald auf die andere, bald stieß er sich mit solcher Gewalt an das hohe Rückgrat seines Pferdes, daß er dachte, der Leib ginge ihm entzwei.

Eine Oeffnung in den Bäumen gab ihm Hoffnung, daß die Kirchenbrücke in der Nähe sei. Der schwankende Reflex eines glänzenden Sternes in dem Flusse lehrte ihn, daß er sich nicht getäuscht hatte. Er sah die Wände der Kirche ziemlich deutlich zwischen den Bäumen hervorschimmern. Dabei erinnerte er sich des Platzes, wo Brom Bones' unheimlicher Gegner verschwunden war. »Wenn ich nur die Brücke erreiche«, dachte Ichabod, »so bin ich geborgen.« In demselben Augenblick hörte er den schwarzen Hengst dicht hinter sich klopfen und schnauben; ja, er bildete sich ein, daß er seinen heißen Athem fühlte. Noch ein tüchtiger Tritt in die Rippen, und der alte Gunpowder sprang auf die Brücke; donnernd lief er über die widerhallenden Bohlen, gewann die entgegengesetzte Seite, und Ichabod warf jetzt einen Blick hinter sich, um zu sehen, ob sein Verfolger, wie gewöhnlich, in Feuer- und Schwefelflammen verschwinde. Gerade da sah er das Gespenst sich im Steigbügel erheben und seinen Kopf gegen ihn schleudern. Ichabod versuchte dem schrecklichen Wurf auszuweichen, aber zu spät. Er traf seinen Schädel mit einem fürchterlichen Krach – und warf ihn der Länge nach in den Staub, während Gunpowder, der schwarze Hengst und das Gespenst mit der Schnelligkeit des Wirbelwindes vorbeipassirten.

Am nächsten Morgen fand man das alte Roß ohne Sattel, mit dem Zaum unter dem Fuß, ruhig an seines Herrn Thor grasend; Ichabod aber erschien weder beim Frühstück, noch beim Mittagstisch. Die Buben versammelten sich am Schulhause und schlenderten müßig an dem Ufer des Flusses herum, aber kein Schulmeister kam. Hans van Rippers fing nun an, einige Unruhe über das Schicksal des armen Ichabod und seines Sattels zu empfinden. Es wurde deßhalb eine nähere Untersuchung angestellt, und nach fleißiger Forschung kam man auf seine Spur. Auf einer Stelle des Weges, der zu der Kirche führte, fand man den Sattel in den Schmutz getreten; die Spuren der tief in den Weg eingegrabenen und von der höchsten Eile zeugenden Pferdehufe leiteten nach der Brücke, jenseits welcher, an dem Ufer einer breiten Stelle des Flusses, wo das Wasser tief und dunkel war, man den Hut des unglücklichen Ichabod und dicht dabei einen zertrümmerten Kürbis fand.

Der Fluß wurde durchsucht, aber der Leichnam des Schulmeisters wurde nicht aufgefunden. Hans van Rippers, der zugleich Vermögensexekutor war, untersuchte den Bündel, der seine ganze irdische Habe enthielt. Sie bestand aus zwei und einem halben Hemde, zwei Halsbinden, einem paar wollenen Strümpfen, einem paar alten Hosen, einem rostigen Rasirmesser, einem Gesangbuch voll Eselsohren und einer zerbrochenen Tabakspfeife. Was die Bücher und die Geräthschaften der Schule betrifft, so gehörten sie der Gemeinde, mit Ausnahme Cotton Mathers »Geschichte der Zauberei«, einem neuenglischen Kalender und einem Buch über Träume und Wahrsagekunst, in welchem letzteren sich ein sehr beschmiertes und beschmutztes Blatt befand, welches mehre fruchtlose poetische Versuche zum Lobe seiner geliebten van Tassel enthielt. Diese magischen Bücher und das poetische Geschmiere wurden von Hans van Rippers sogleich den Flammen übergeben. Zugleich beschloß er, von nun an seine Kinder nicht mehr in die Schule zu schicken, in der Meinung, daß aus diesem Lesen und Schreiben nichts Gutes kommen könne. Das Geld, das der Schulmeister besaß, – er hatte erst vor einem oder zwei Tagen seine Vierteljahrsbesoldung erhalten – hatte er wahrscheinlich zur Zeit, als er verschwand, bei sich geführt.

Die geheimnißvolle Begebenheit verursachte am folgenden Sonntag bei der Kirche viele Betrachtungen. Eine Menge von Gaffern und Klatschern versammelte sich im Kirchhofe, bei der Brücke und an der Stelle, wo der Hut und Kürbis gefunden worden waren. Die Geschichten von Brom Bones und ein ganzer Vorrath anderer wurden in

Erinnerung gebracht, und als sie sie alle genau erwogen und mit den Zeichen des vorliegenden Falles verglichen hatten, schüttelten sie ihre Köpfe und kamen zu dem Schluß, Ichabod sei von dem galoppirenden Hessen geholt worden. Da er ein Junggeselle und Niemand etwas schuldig war, so krähte bald kein Hahn mehr nach ihm; die Schule wurde nach einem anderen Theil der Höhle verlegt und ein anderer Schulmeister angestellt.

Ein alter Farmer, der mehre Jahre nachher einen Besuch in Newyork abstattete, und von welchem diese Geistergeschichte erzählt wurde, wollte wissen, Ichabod sei noch am Leben, er hätte nur die Gegend verlassen, theils aus Furcht vor dem Geist und Hans van Rippers, theils aus Verdruß, weil ihm seine Geliebte plötzlich den Abschied gegeben habe; er habe seinen Aufenthalt nach einem anderen Theil des Landes verlegt, halte Schule und studire zugleich Jurisprudenz, wäre bei Gericht zugelassen worden, sei Politiker und wählbar geworden, und schreibe an Zeitungen. Brom Bones aber, der bald nach seines Rivals Verschwinden die schöne Katharine im Triumph zum Altar führte, soll äußerst listig darein geschaut haben, wenn die Geschichte von Ichabod erzählt wurde, und immer herzlich gelacht haben bei der Erwähnung des Kürbis, welches Einige auf den Gedanken brachte, er wisse mehr von der Sache, als ihm zu erzählen beliebe.

Die alten Bauernfrauen jedoch, welche die besten Richter in solchen Dingen sind, glauben noch bis auf den heutigen Tag, Ichabod sei durch übernatürliche Kräfte hinweggeführt worden, und das Ganze ist eine Lieblingsgeschichte, die man sich in der ganzen Gegend im Winter beim Abendfeuer erzählt. Die Brücke wurde mehr als je ein Gegenstand abergläubischer Furcht, und dieß mag auch der Grund sein, weßhalb der Weg in späterer Zeit verlegt worden ist, so daß er sich der Kirche am Rande des Mühlbaches nähert. Das verlassene Schulhaus kam bald in

Verfall, und man erzählt sich, daß der Geist des unglücklichen Pädagogen hier umgehe, und der Pflüger, wenn er in stillen Sommerabenden heimschlendert, glaubt oft in einiger Entfernung seine Stimme zu hören, wie er seinen melancholischen Psalm durch die stille Einsamkeit der Schlafhöhle ertönen läßt.